办公室
Offices

LOFT Publications

陕西师范大学出版社

ZITO 迷你建筑设计丛书

　　这套丛书对近期出现的优秀建筑作品作了一次全面的总结。它将现代流行的商用及居住空间分为 10 个大类，在结合各类空间特性的基础上，对每一设计详加评述和分析。该丛书不仅涉猎甚广，更真实反映了国际流行的设计思潮，展现了最具诱惑力的设计语言。

1. 休闲场所－建筑和室内设计
2. 酒吧－建筑和室内设计
3. 餐厅－建筑和室内设计
4. 咖啡厅－建筑和室内设计
5. 住宅设计
6. 阁楼
7. 极简主义建筑
8. 办公室
9. 水滨别墅
10. 小型住宅

Offices 办公室

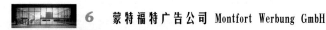

该建筑是一个巨大的透明矩形空间，这是一个合理而又富有创造性的设计。光线、玻璃、抛光的平面、流动性和空间连续性都是设计中的焦点。惟一打破直线设计的部分是大楼引人入胜的入口。它被象征性地设计为柔和的波浪，插入到建筑内部。

本建筑的各个楼层都是由钢材和玻璃构成，把实心墙换成玻璃墙使得各区域的分布一目了然。让充足自然光照进来的同时，也在建筑内外营造出一种有趣的对话。入口处富有寓意的波浪由铺设了隔热材料的混凝土建成。建筑内部空间的安排通过采用不同的地面铺设材料来实现。

工作区位于较高的楼层，通过铺有地毯的楼梯与大堂和前台相连，工作区也铺了同样的地毯。材料、纹理和色彩的运用，钢材、玻璃、铬或白色、绿色或灰色色调都营造出工业庄严、华贵与宁静的整体感觉。

设计：奥斯卡·里奥·考夫曼建筑工作室
Oskar Leo Kaufmann Architects
摄影：©阿道夫·贝罗伊特 Adolf Bereuter
地点：奥地利 克劳斯 Klaus

盖斯特中心 Centro Gestor

新建筑共有7层楼，包括地下室和中间跨层。改造计划在合理范围内增加了地下室、一层、二层和中间跨层的进深（在原设计中进深随高度递减）。该设计的关键是提出一个新、旧共存的方案。这需要形成一种自然的建筑对话，而且决不能强求。为了实现这个目的，建筑帅首先在视觉上扩大空间，通过在一层、二层和中间跨层的中心开拓的空间，将建筑内部掏空，以便安装大天窗。这个方案一方面保持了楼层之间的视觉交流，另一方面也连接了各个功能区域及其周围的通道。

建筑立面的处理也很重要。该设计采用幕墙技术，同时保留了一定的装饰元素。新的建筑立面既不封闭也不隐藏，反而突出了现有的设计要素。

改造后的盖斯特中心成为一个充满个性的新建筑，同时也适度保留了原建筑的元素。它运用新鲜的、富有想象力的建筑方案，创造出诱人的平衡，能够适应使用者的功能要求。

设计：萨尔瓦多·吉恩 Salvador Giné
摄影：© 乔迪·米罗斯 Jordi Miralles
地点：西班牙 莱伊达 Lleida

宝洁公司 Procter & Gamble

建筑计划在客户的要求指导下进行，这在整个设计阶段都至关重要。客户要求办公大楼应具有一个灵活、动态的平面分布，能容纳公司机构的各个部门，同时还要设计一系列的公共区域，例如接待区、会客室、会议室、图书室、自助餐厅以及各种服务区。

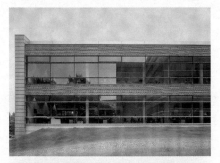

矩形建筑被划分为多个楼层，透过玻璃立面可以清晰地看到室内空间的分割。这种立面为建筑内部提供了良好的日照。建筑师设计了一个宽敞的中厅，通过小桥与四周相连。这些小桥各自从中厅上空穿越，创造出奇特的光的效果。这一建筑方案带来了无数潜在的空间功能。

在室外可以清晰地看到质朴的大堂圆柱，似乎直插大楼屋顶。轻巧的金属楼梯、喷刷了名贵清漆的、新颖的弧形天棚，都创造出赏心悦目的美学效果，与建筑立面规则的线条和几何图案形成鲜明对比。

设 计：阿库特与希斯建筑工作室 Aukett & Heese
摄 影：© W. 哈钦马克／ARTUR 工作室
　　　　W. Huthmacher／ARTUR
地 点：德国 法兰克福

北德意志银行 Norddeutsche Landsband

第一眼看上去，该建筑与环境浑然一体，一座54米高的高塔从建筑整体中延伸出来，每个部分都结合得天衣无缝。谜一般独特的多层塔是该建筑的主要特色，人们远远地就能看到它耀眼的尖角螺旋结构。除了办公楼，该建筑还包括住宅、文化餐饮和体育设施等各个功能区，目的是创造一个对公众开放的空间。

建筑师们设计了一个从风景中浮现、与风景浑然天成的建筑，其中最高的塔形结构成为与整体相连的独立实体。它被看作一个遥远的画面，似乎已成为城市风景的一个构成。充分考虑环境是该设计的重要目标之一。建筑师在建造过程中尽可能运用自然资源，降低能源消耗和二氧化碳的排放量，这些也是许多现代大型建筑群体设计过程中必需考虑的因素。窗户是通风设计的首选，自然通风能为大多数房间提供新鲜的空气。大楼的双层外壳有助于通风，同时也可减少噪音污染。此外，玻璃立面可以方便地控制自然光的进入量。

设计：比恩斯—比恩斯合作工作室 *Behnisch, Behnisch & Partners*
摄影：© 克里斯蒂安·坎德埃 *Christian Kandzia*
地点：德国 汉诺威 *Hannover*

星通资讯公司 Loop Telecom

星通资讯是一家专门提供商业服务的电信公司,他们的办公室应该能反映出公司的精神本质。为了强调生动、合作的工作气氛,建筑师决定强调室内的材料和色彩,同时清晰地划分空间。公司徽标中的颜色——蓝色和绿色,是这一空间的主色调,它们在地毯、部分家具和展示区中融入了更新鲜的活力。

大厅入口位于这个平面为矩形的楼层一端,与大楼外形相互呼应。两个相交的椭圆形区域分割了主体空间。地面铺设的蓝色、绿色地毯,在视觉上和功能上划分了各个空间。

木质前台上装饰着铝合金和蓝色的合成层压板。前台的前方地毯上绘制了公司徽标,后侧摆放了一件辅助家具。前台的两端设有展示台。办公室和工作区的入口位于它的右边,绿色柱子使该入口更加突出。前台另一侧的空间被设置为两个会议室和一个公共区域,相互之间用玻璃板隔开。

设计:罗杰·贝勒尔 *Roger Bellera*
摄影:©乔迪·米罗斯 *Jordi Miralles*
地点:西班牙 巴塞罗纳

摩根斯坦利集团公司 Morgan Stanley Dean Witter

这座大楼位于马德里一条主要街道的两栋建筑之间，这种场地条件无疑在设计之初就需要慎重考虑，但不会成为设计中决定性的因素。集团主营业务是金融领域服务，因此该设计应提供满足相应要求的特定空间。例如，公共区（以吸引客户的店面风格设计）展示公司向公众提供的服务，而工作区使集团员工可以在最佳状态中工作。

从建筑外侧，可以看见3个泾渭分明的区域：人行道、车行道和信息通道。工作区成为内外的交流中枢。该设计设置了两个接待区，分别应对来自大楼内外的人流。

建筑内部被划分为多个楼层，可分为地下室或临街的一层，具有垂直空间层次的中间区域以及带有一间阁楼的顶层。室内空间的分布有效直观。客户关心的主要问题——缺少自然日照，由设在建筑两侧的内部天井得到解决。光线透过天窗照射进来，延伸了东西方向的室内空间。

设 计：加布里埃尔·阿兰德、安琪儿·塞拉诺
Gabriel Allende & Angel Serrano
摄 影：©乔迪·米罗斯 *Jordi Miralles*
地 点：西班牙 马德里

该空间被设计为一个大容器，每一类型的房间（办公室、独立办公室、工作区和会议室）分别占据着各自的位置。有序性是这一设计的突出特点，建筑师为了充分利用空间，而在空间安排方面绞尽了脑汁。

承重柱自然地分隔了工作区，它们位于柱子一侧，充分利用自然照明。会议室和独立办公室设在另一侧，遮蔽在金属和玻璃隔断之后。

前卫的家具、简洁的线条、明快考究的色彩组合（黑白相济，偶尔点缀几分彩色）使该空间适合开展各种活动。从开放的工作区、餐厅、会议室到其他区域，到处都透出一种简朴、平静的现代气息，彰显出该设术中心的独特个性。

设计：亨米·费耶特 Hemmi Fayet
摄影：© 汉斯·亨斯 Hannes Henz
地点：德国 慕尼黑

伊丽莎白·阿尔弗德工作室 Elizabeth Alford

本设计要在两个相互分隔的空间内实施。一道长长的、横跨两个空间的荧光灯管和家具位置的摆放强调了这种分隔。艺术家摆满沙罐的架子（罐中的沙子是艺术家的设计原料）在视觉上分割了两个空间，这个工业化的钢架结构既是空间的组织者，又是具有强烈视觉冲击力的装饰元素。工作区的长条桌和架子中也采用了类似的钢结构。木质嵌板在屋顶和地面之间建立联系，木材这种高贵的装饰材料以及明快的色彩组合，给这个空间平添了几分细腻和温暖。

这个工作室由伊丽莎白·阿尔弗德亲自设计，她在营造气氛的同时，同样注重室内装饰。这一特点主要体现在功能设计、被色调柔化（采用同一色系，没有过分突兀的色彩）的笔直线条以及材料间的紧密联系等方面。纹理的运用和适度的美感创造出一个舒适宜人的现代空间，可以自由惬意地展开工作。

设 计： 伊丽莎白·阿尔弗德
        Elizabeth Alford
摄 影： ©乔迪·米罗斯 Jordi Miralles
地 点： 美国 纽约

拉伯特罗办公室及车间 Labotrón Office and Workshop

一个面向街道的小型矩形空间穿过墙的中心，几乎延伸到建筑中，这是看门人的办公室，也是这一建筑的垂直入口。它把内部面积为353.52平方米的空间分成两个侧厅和后部的一个大空间，带有前台的门厅可通往建筑内部各种必要设施。自然光由临街的玻璃入口透入这个区域。

行政区和独立办公室位于紧临走廊的大空间之内。几何天窗的设置使这个位于室外庭院下部的空间完全沐浴在阳光之中。

车间设在另一侧的门厅内。自然光照同样来自临街的开口，蚀刻玻璃窗起到屏蔽的作用。从两个相邻的门厅都可进入中心区域，这里设有休息室、储藏室等一系列小房间。

大厅的地面为现浇混凝土。浅色层压板制成的屏风以及玻璃门可防止自然光线的损失和视线的分散。

设计：皮普·扎泽卡 Pep Zazurca
摄影：© 尤金妮·庞斯 Eugeni Pons
地点：西班牙 巴塞罗那

弗里希尔斯办公室 Freehills

这座办公室位于澳大利亚墨尔本一幢大厦的42层。设计的目标是适当保存原有风格，同时满足客户的新要求。功能要求决定这里将是一个自由灵活的办公空间，因此不同的区域——会议室、办公室、公共区、餐厅、电话会议室和阅览室等等——以一种自然有序的方式从容展开。建筑师在方案中描绘了功能性空间和辅助性空间，在与规范化的美感相协调的前提下，也致力寻求温馨的、非规范化空间的运用。为了追求空间的最优性能，设计也充分尊重人类环境改造学和实际需要。

设计师巧妙运用"开"、"关"的概念，根据相应的功能来设计房间，布置公共区域和封闭空间（办公室和更私人化的空间）。

各个区域采用现代、简朴的装饰风格，避免过度的装饰和冗余的元素。最终，新的办公室是一个高度实用的空间，看上去亲切、整洁。

设计：罗伯特·普克桑迪 Robert Puksand
摄影：© 仙妮亚·希格迪恩 Shania Shegedyn
地点：澳大利亚 墨尔本

设计的目的之一就是引入自然光，以赋予该空间并不存在的功能性，达到一种平衡和现代的氛围。

设计的任务是重建这个面积为106平方米、最低层高为3.45米的高大空间，建立一个入口通往面积约为43平方米的平台。设计师修建一个包厢式结构通向平台。图书室、浴室和厨房设置在包厢下部。

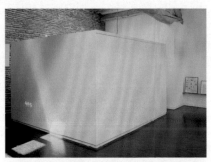

这一建筑空间的特点及平面设计工作室的活动需要，决定了这里不必设置独立的工作间。从一开始，设计师就决定划分区域，但不在视觉上将它们完全割裂。从接待区和会议室都可以看到其余的室内空间。

在接待区前部，一个L形隔断隔出一个可用作会议室的空间。工作区由中央一张没有配备电脑的大桌（由3张桌子拼成），靠墙摆放着一张特制的、放电脑硬件的桌子。

阳光从迎着平台的玻璃墙和新设的大型天窗中透射进来。屋顶下悬挂着大型工业化的照明设备，为工作室提供日常的室内照明。曲臂灯用于作业照明。

设计：J.福蒂兹／福蒂兹·卡博内尔事务所
J. Fortexa/Forteza Carbonell Associats
摄影：©尤金妮·庞斯 Eugeni Pons
地点：西班牙 巴塞罗那

皮瑟里大厦 Pincelli

改建设计的第一阶段就是保护原有建筑结构，同时，如果可能的话，尽量减少对原风格的损害。因此，大厦原有的横梁和屋顶又被放回原处，承重墙、拱门的外形也得到重新修葺。另一个重要工作是消除外立面上的乱涂乱画。

改建后，大厦一层将作为一个重要的商业咨询公司总部，该总部需要一个现代、舒适的空间。因此，改建设计用理性、现代的钢铁和玻璃来处理这个空间。房间按照其功能来进行组织。设计方案运用了润饰的手法，在保留了原有空间的同时，又适当地加以修饰。它在风格上实现了过去与现在的平衡。石头、木头、钢铁和玻璃给新旧风格的组合带来了活泼的生气。石材和木材令人们回忆起建筑的历史，而钢铁、玻璃则唤起对现在的浮想。

设立玻璃墙，让光线穿射进来，创造一种光与影的奇效，同时也把内部展露在奇异的环境面前，设计最终创造了这样一座建筑，加入了大量巧妙而有效的设计。

设计：多米尼克·毕欧迪／联合设计师工作室
Domenico Biondi／Progettisti Associati
摄影：©马托奥·匹萨 Matteo Piazza
地点：意大利 萨索洛 Sassuolo

联合场地公司 Unified Fields

客户给予建筑师的指示很明确：一个能确实反映公司活动的新空间。它必须是从创新和美学观念出发的灵活、动态的空间，让程序员、设计师和合作小组在轻松、现代的氛围中工作。

根据客户的要求，设计师参照了阁楼设计的原则，以工业化方式处理宽大、明亮、连续的开放空间。该设计力求创建一个不断变化的动态氛围，合理设置必要的工作区域——会客室、会议室以及小图书室、厨房等各种空间。视觉上最突出的建筑元素是工作区的曲线形式。为了便于光线透入，工作区由铝合金和树脂玻璃构成。

这种设计使工作区被包纳在小空间之中，尽管它位于利用交流的开放区域，仍能形成相对私密的空间感。接待区设有一个由矩形滑动板组成的前台，会客室和多媒体室设在它的后面。

这个办公室，与建筑中其他区域一样，都以材料的运用突出了设计中工业化和现代感。

设计：哈里里—哈里里建筑工作室
Hariri & Hariri Architecture
摄影：© E.胡伯尔与拱形摄影室
E. Hueber/ARCH PHOTO
地点：美国 纽约

卡迪尔总部 Headquarters of Cador

　　为了建立马德里的基地，卡迪尔总部选择了一幢大楼，它曾经由肥皂工厂和一家接受城市规划、建筑工程设计的工作室共用。从建筑角度来看，这幢楼房很有意思，因为它建在钢筋混凝土浇筑的独立基础上，一层由钢筋混凝土柱和钢梁支撑，并以预制的中空混凝土砖建造了一个附属楼层。第二层由一层的墙体承重，墙基处砖脚裸露。第二层的附属楼层由平行的波纹钢架构成，墙壁采用实心砖，其中夹有聚亚安酯隔热层。窗户是乙烯树脂玻璃的双层窗。在钢屋顶下部刷漆防锈；屋顶局部是平的，覆盖着砂砾，人可以在上面行走。

　　该设计要营造一个开放的空间。无论级别，所有办公室都同样大小，其间用滑门相连。这里设置了非正式的会议室、供商业、技术人员使用的模糊空间以及休息和娱乐的场所。这一切构成一个灵活、动态的现代功能空间，可以顺畅地开展工作。

设计：卡迪尔 Cador
摄影：© 乔迪·米罗斯 Jordi Miralles
地点：西班牙 马德里

ZITO 双子座丛书

这套"双子座"建筑艺术丛书极其注重内容上的对比性，揭示了艺术领域中许多对立而又相互依托的有趣现象。它既讨论了建筑界各种设计风格之间的比较，也分析了建筑界与跨领域学科之间的联系与对比。它们全新的视角尤其值得注意，在著名建筑师与画家之间展开了别开生面的比较，以3个部分进行阐述，建筑师和画家各自生平简介以及主要作品的赏析各占一个部分，第三个部分则是对两位艺术家所创作的艺术形象及其艺术理念的比较。每册定价38元。

极繁主义建筑设计

极简主义建筑设计

瓦格纳与克里姆特

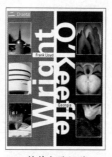

赖特与欧姬芙

米罗与塞尔特

达利与高迪

里特维尔德与蒙特利安

格罗皮乌斯与凯利